U0095672

走进美院考前辅导丛书

立体设计 宋扬/编著

山东美术出版社

图书在版编目（ＣＩＰ）数据

立体设计／宋扬编著.—济南：山东美术出版社，
2009.1

（走进美院考前辅导丛书）

ISBN 978-7-5330-2586-1

Ⅰ.立… Ⅱ.宋… Ⅲ.立体-构图（美术）-高等学校-
入学考试-自学参考资料 Ⅳ.J061

中国版本图书馆 CIP 数据核字（2008）第 110840 号

出版发行：山 东 美 术 出 版 社

济南市胜利大街 39 号(邮编：250001)

http：//www.sdmspub.com

E-mail：sdmscbs@163.com

电话：(0531)82098268　传真：(0531)82066185

山东美术出版社发行部

济南市顺河商业街 1 号楼(邮编：250001)

电话：(0531)86193019　86193028

制版印刷：山东新华印刷厂临沂厂

开　　本：889×1194毫米　16开　5印张

版　　次：2009 年 1 月第 1 版　2009 年 1 月第 1 次印刷

定　　价：25.00元

目　录

课题一：介于"方格"的模数造型

　　课题要点：(1) 整体是正方体；
　　　　　　　(2) 局部以正方体为单位。

　　在立体造型的初级阶段，困扰学生的往往有两点：一是想不出整体（造型的外轮廓）；二是把握不住基本的造型美感。"审美"是一个感觉上简单、解释起来困难的知识点，但又不可逾越。而介于"方格"的模数造型方法，则很容易使学生理解，因为最基本的立体造型审美规律都已经暗含其中。

　　这种立体造型方式很容易使人联想到初学毛笔字使用的"九宫格"和"俄罗斯方块"游戏，以上两种联想到的形式都是"二维"的，但立体造型是"三维"概念，至少要求我们在多于三个面上寻求"二维"形式美感，模数化可以最直接地控制整体与局部的关系，避免过于简单或过于琐碎，这是因为整体与局部的最小造型单位是相同的。

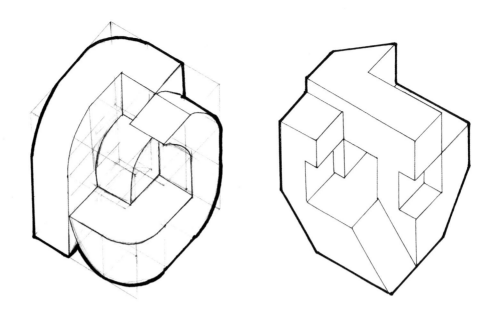

　　通过简单的三维方格辅助线，实现了"三维的俄罗斯方块"，空间的变化也能经受来自不同方向与角度的视觉考验，从而实现真正意义上的"立体"，这一点有别于单纯意义上的几何概念。

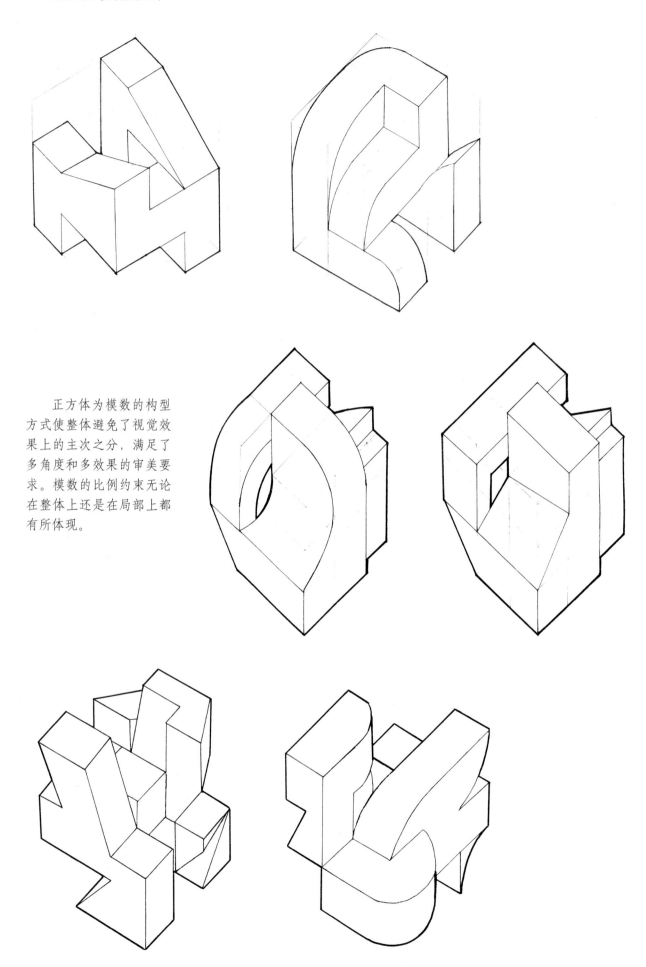

正方体为模数的构型
方式使整体避免了视觉效
果上的主次之分，满足了
多角度和多效果的审美要
求。模数的比例约束无论
在整体上还是在局部上都
有所体现。

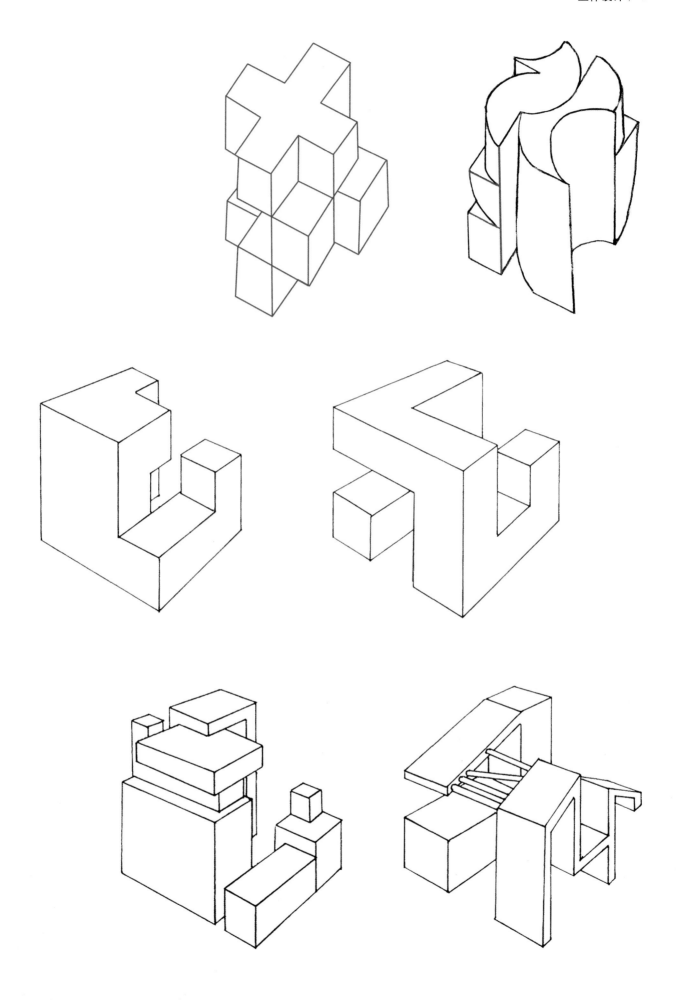

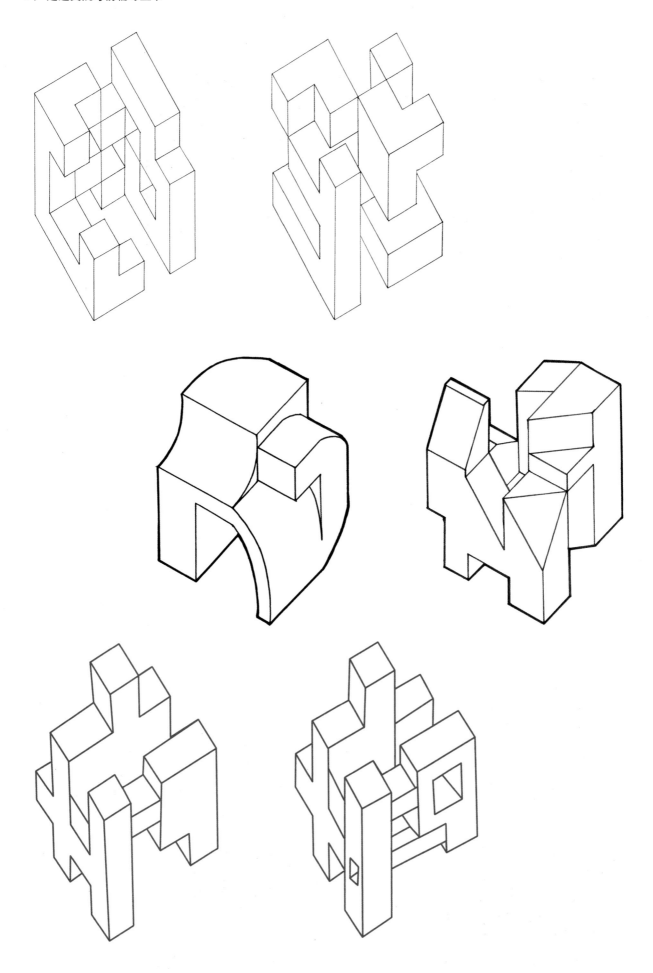

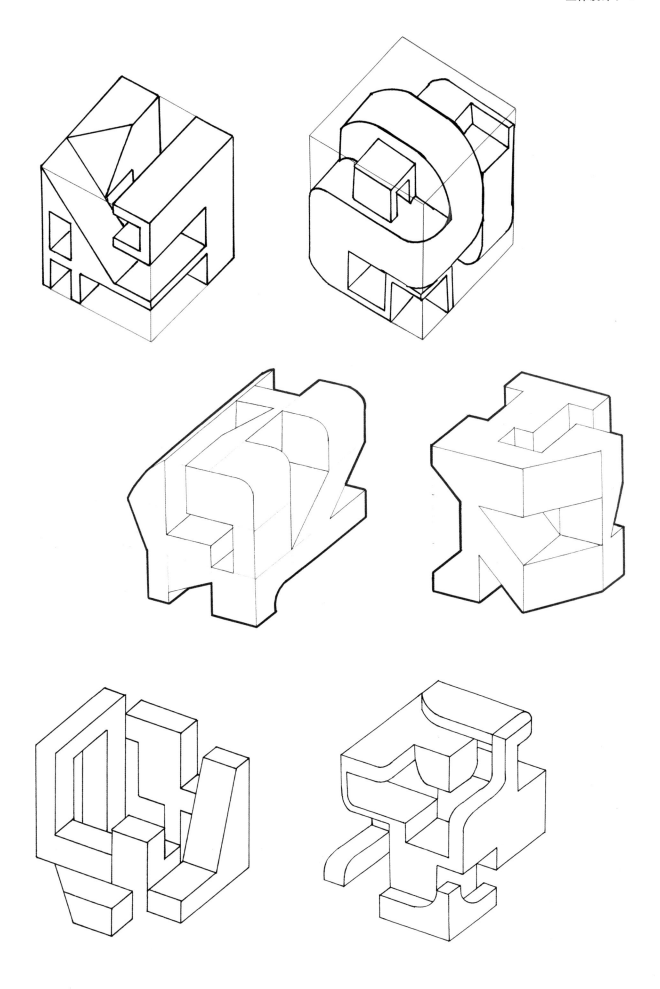

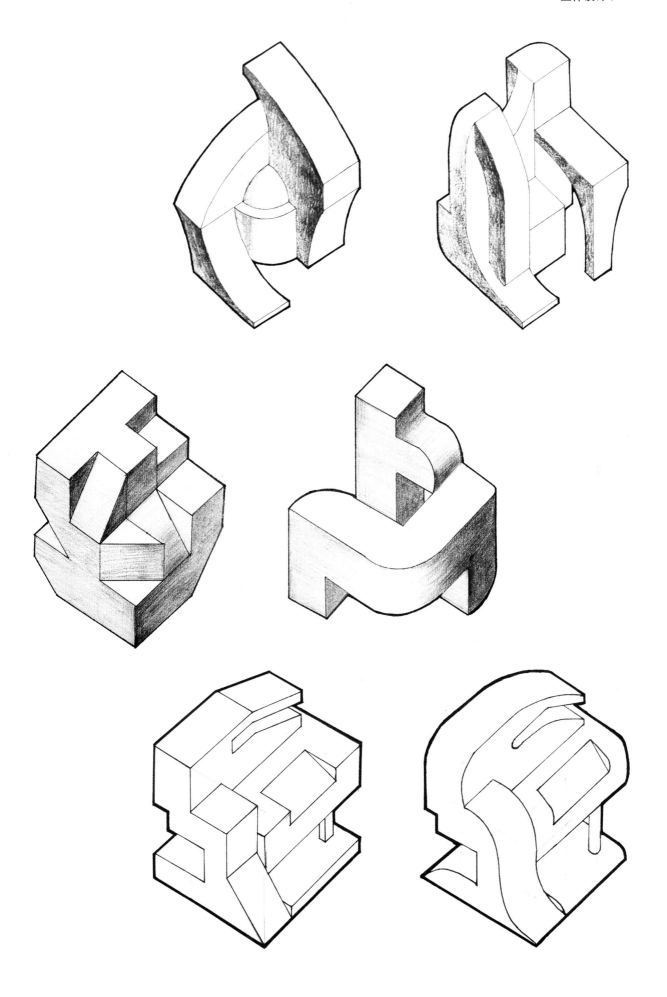

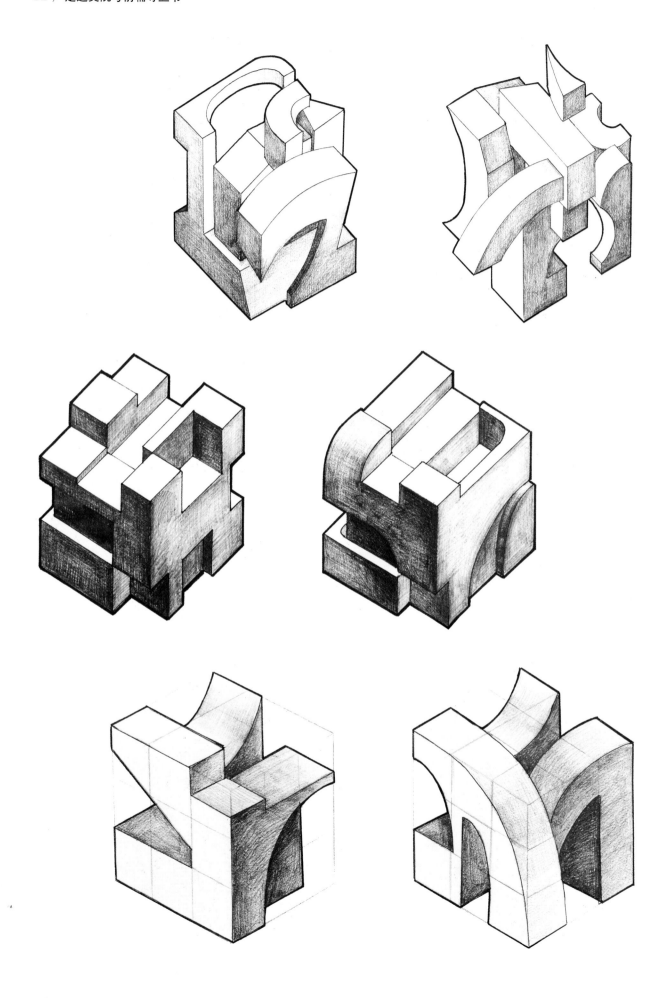

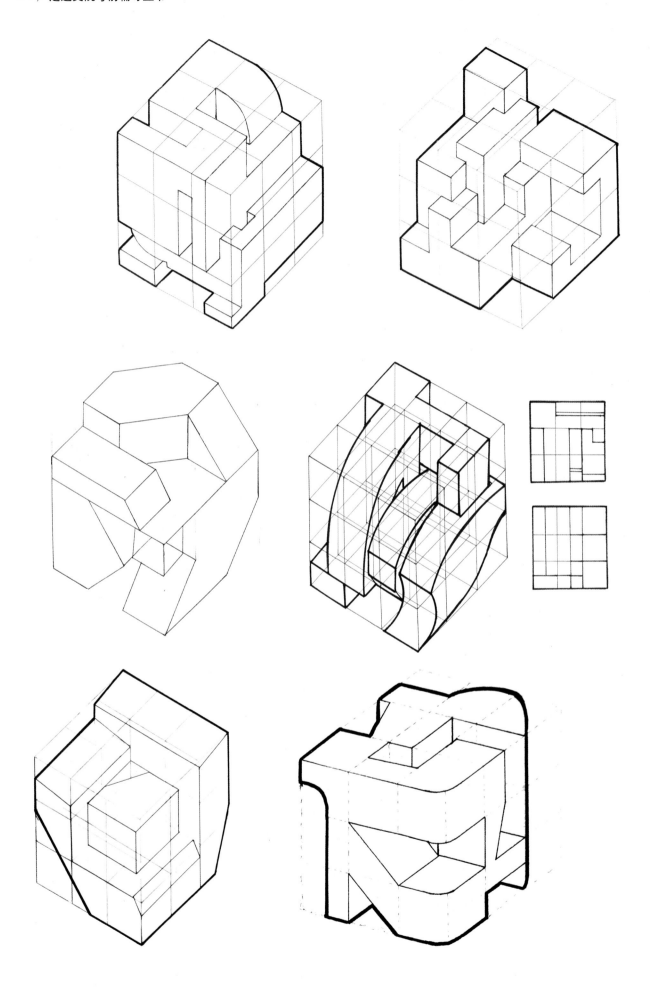

　　由简到繁的变化始终遵循"模数"规律，其中暗含了由整体到局部、由直线变化到曲线变化、由形体加法到形体减法的变化过程。

　　变化到什么程度为止？会不会显得琐碎？解决这一类问题在于控制整体的"切块"数量。如果你觉得整体有点琐碎的话，下次就减少整体的分块数量，反之亦然。

　　怎样规整局部的曲线？仔细分析会发现，局部的曲线都来自模数方块单体构成的1/4、1/2二维圆形延展。这样局部的曲线怎样变化也会保持与整体的关系，因为模数相同。

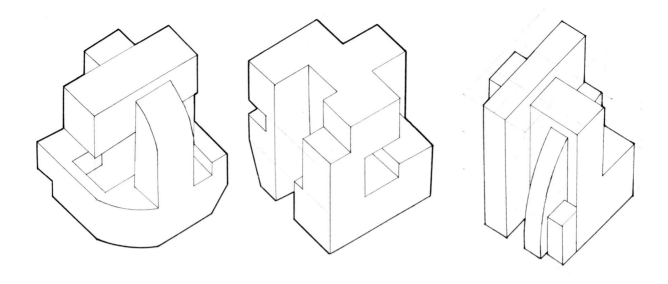

　　从简单的方块模数堆砌，到曲线变化，再到空间的虚实变化，这是为了让学生体会到由简到繁、由整体到局部的变化过程。造型的变化因为模数的存在而变得相对理性。

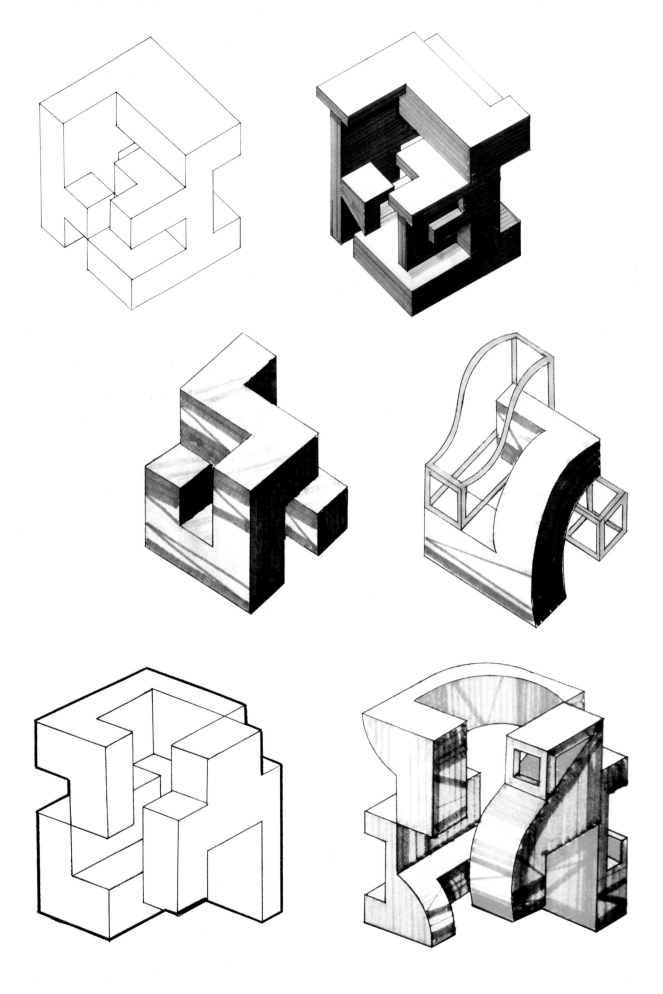

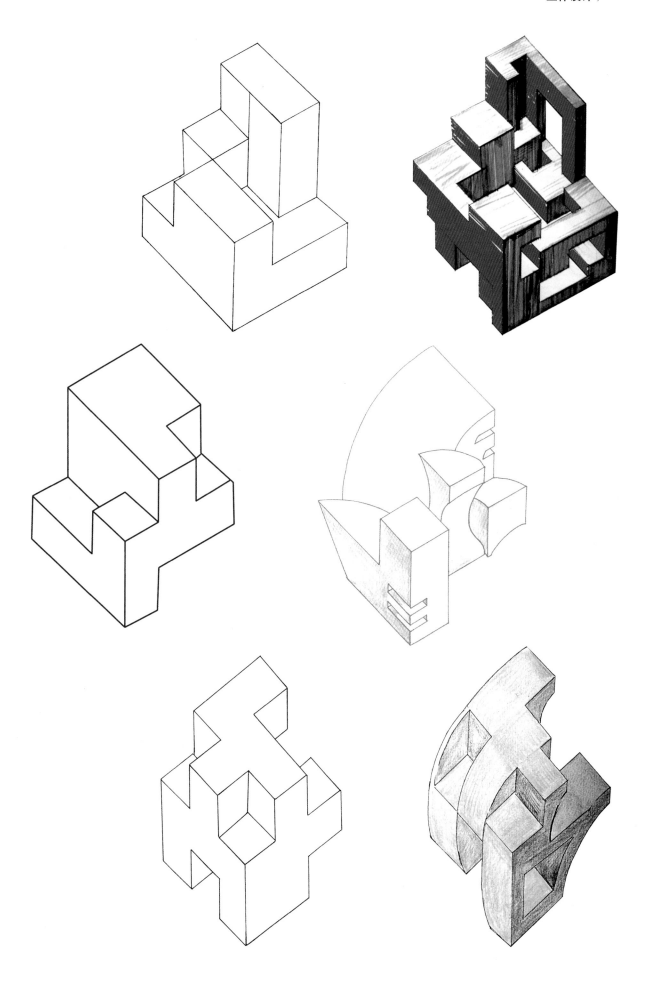

课题二：以立方体为整体的空间减法

课题要点：(1) 造型的整体是正方体；
(2) 局部变化方式不限。

相关考题是用五个面分割一个立方体。课题针对局部变化，在限制整体体积的情况下，局部可以采取直线分割、曲线分割、斜切、穿洞等手段使整体丰富。

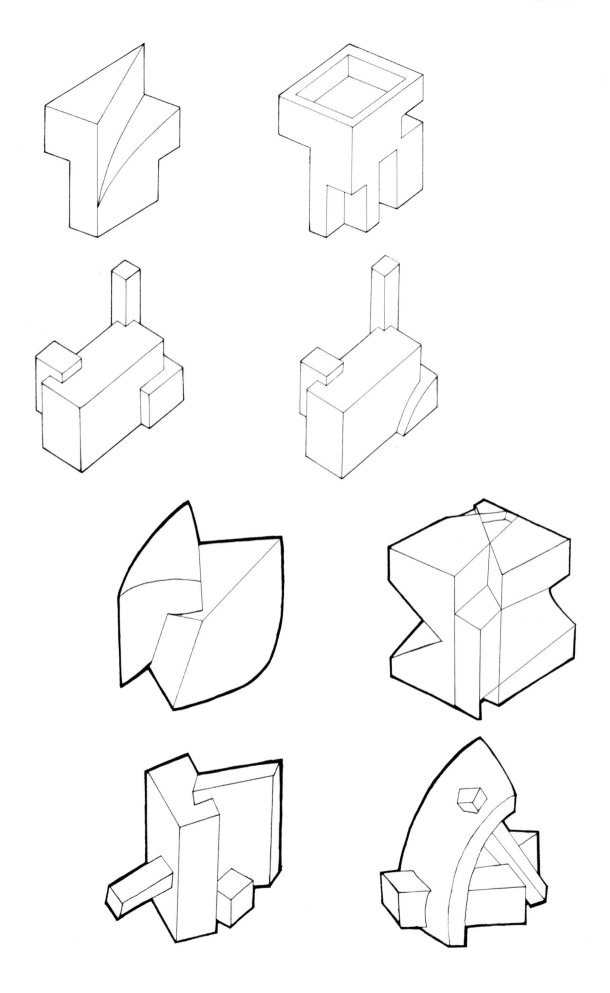

联系课题一的构型经
验，在空间减法过程中把
握节奏、疏密对比、高低错
落等造型要素，深入体会
造型"丰富"与"复杂"的
不同，认识到空间变化的
复杂并不是使整体丰富的
唯一手段，尝试做到简洁。

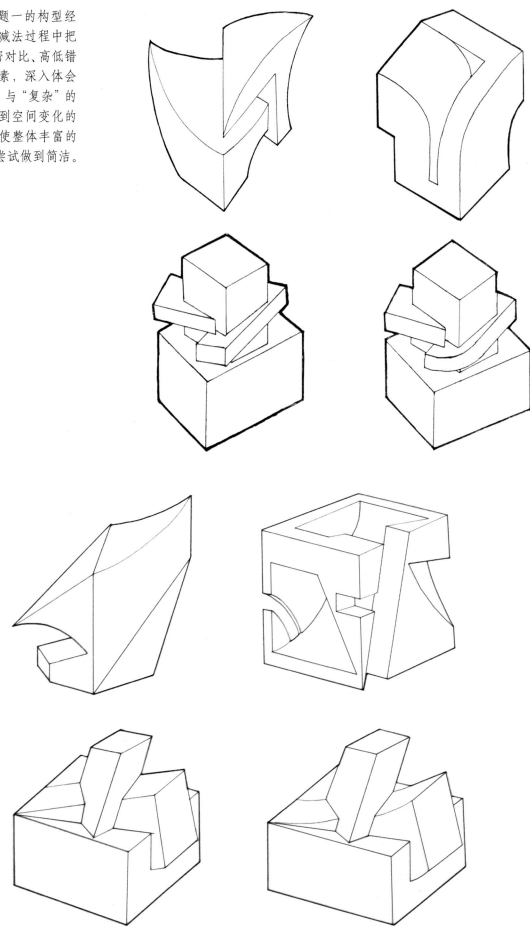

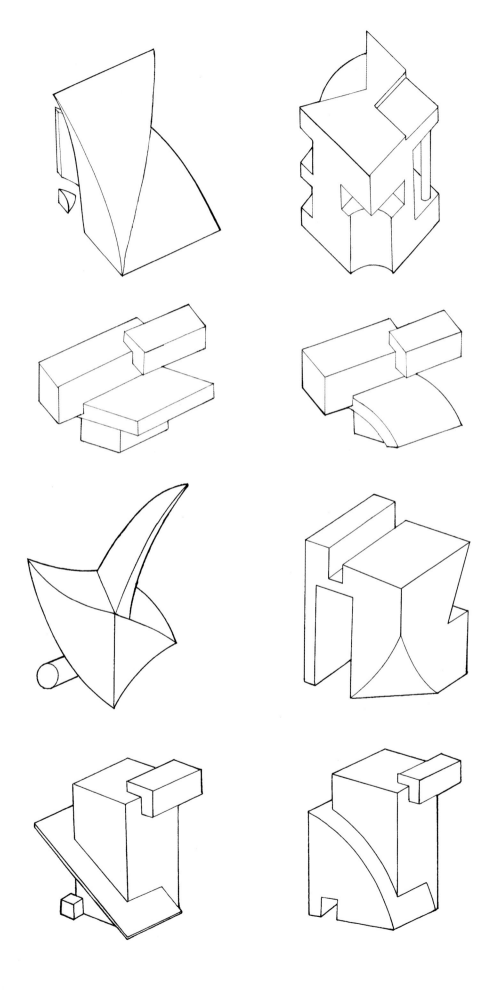

在练习过程中也可以尝试先变化直线，再变化曲线，或者把模数变化贯穿于局部之中，这些方式都可以使最终结果相对理性，尤其是可以控制整体与局部的关系，不会使局部过于琐碎。

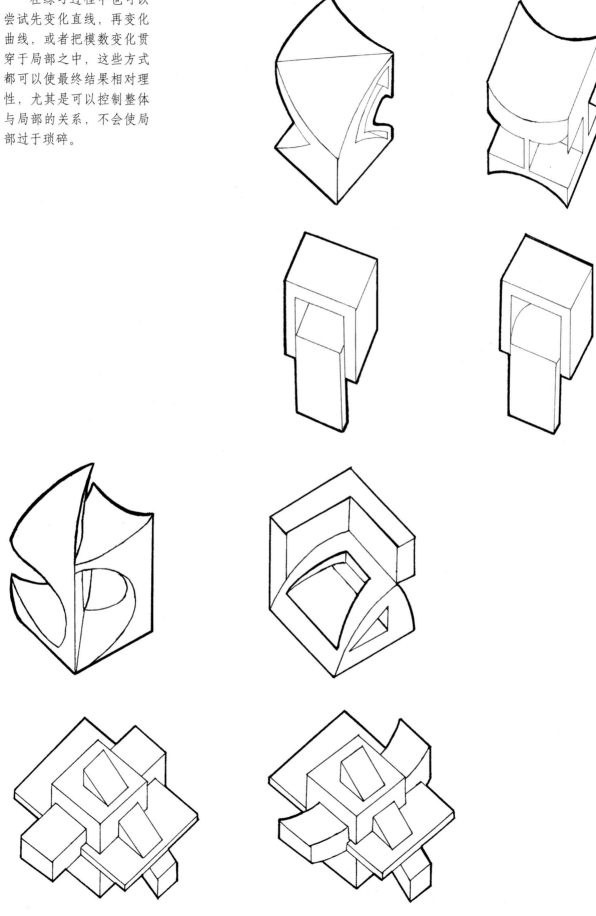

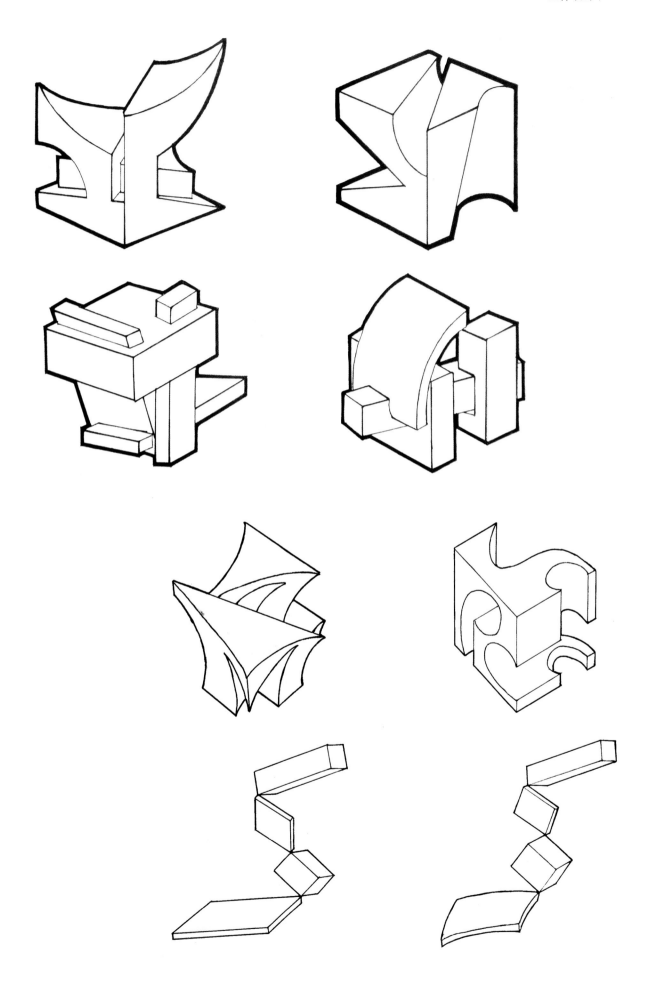

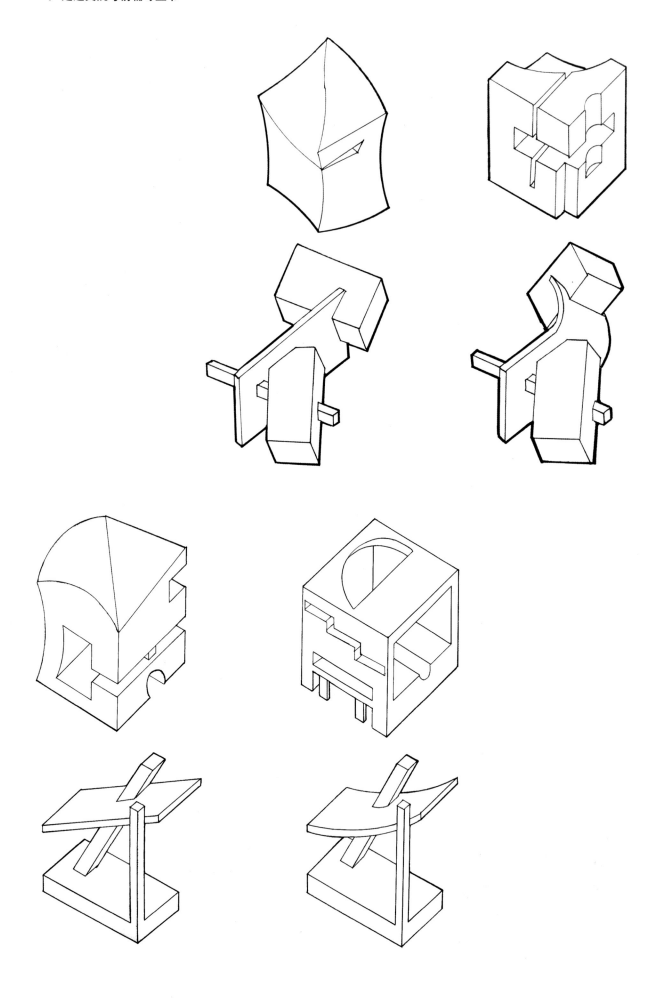

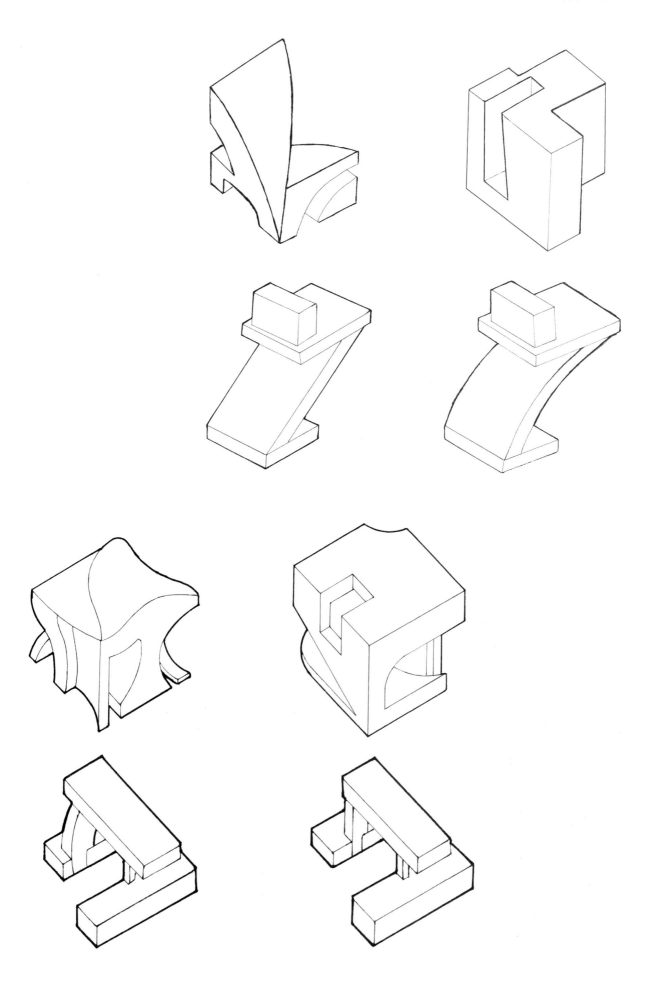

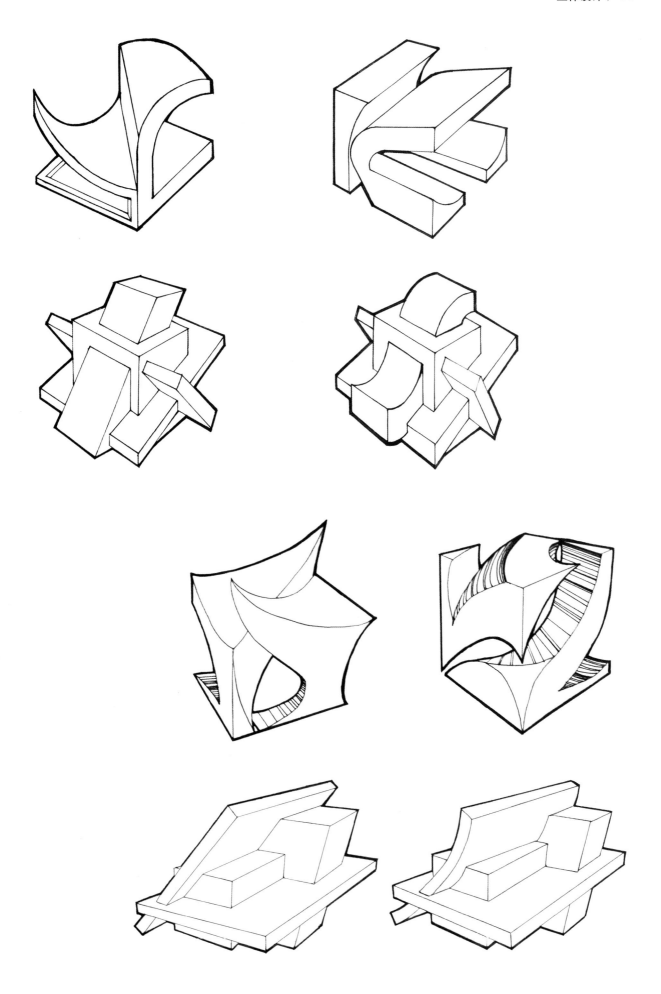

局部变化的巧妙与否也取决于想法，是否只是简单的分层罗列？是否该考虑把平面图形的平面巧妙地转化为三维造型的斜面或是曲面？对照每幅作品的平面图和立体图，仔细琢磨之后的结果就是三维造型的"创意"所在。

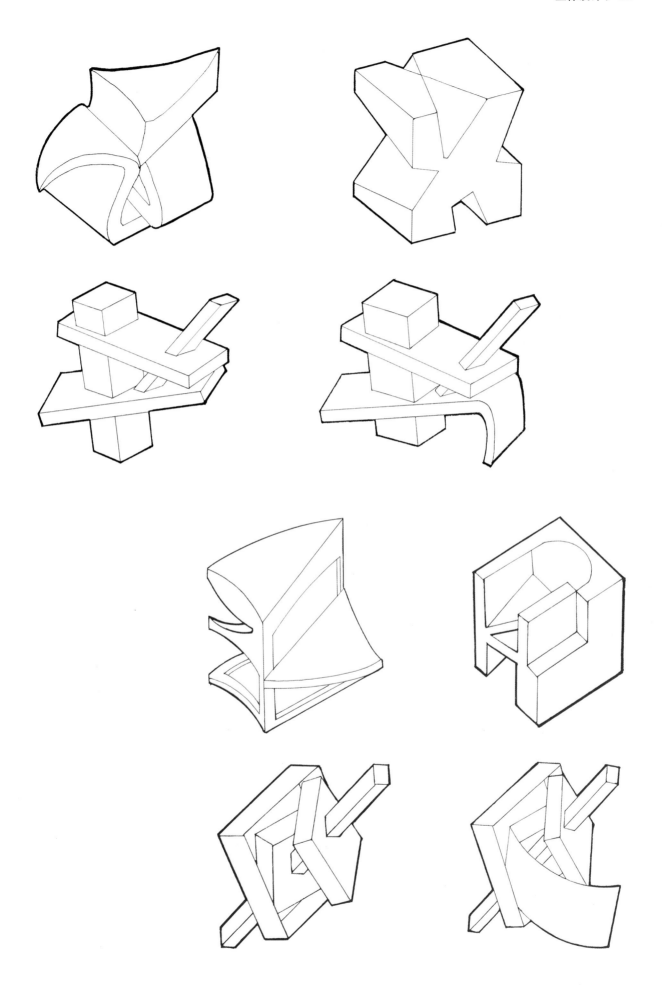

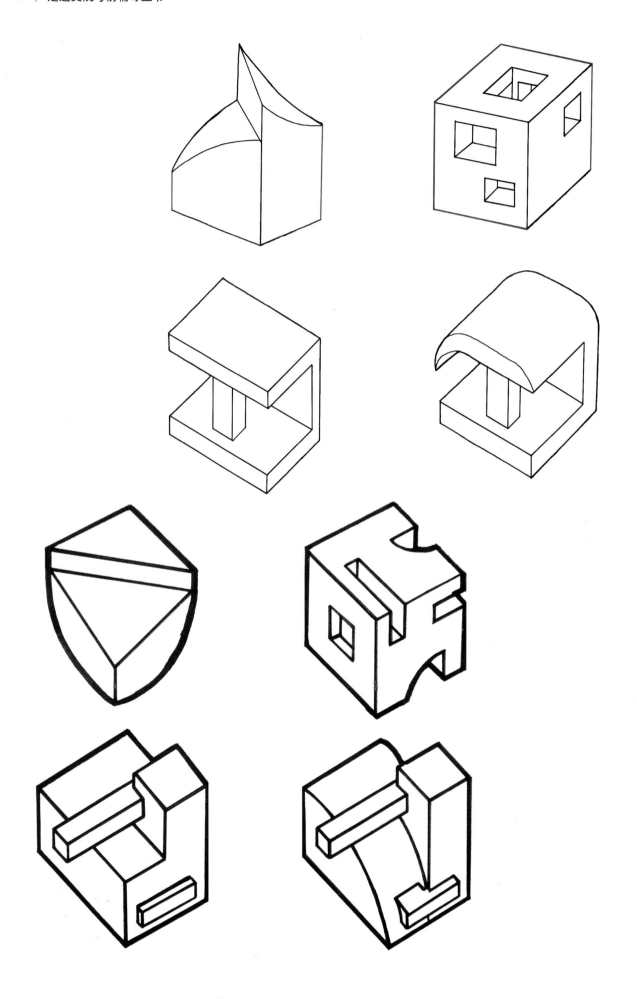

课题三：以圆柱体为单体的组合

　　课题要点：(1) 限制单体造型和数量（五个圆柱体）；
　　　　　　　(2) 组合过程中可以变换大小和随意弯曲。
　　与此相关的考题是用五个圆柱体在立方体范围内组合，圆柱体可以变换体积、随意弯曲造型。课题针对限制单体造型和数量获得整体造型的方式分为两部分，先不限制整体造型，后限制整体造型的外轮廓（必须在立方体范围内组合）。

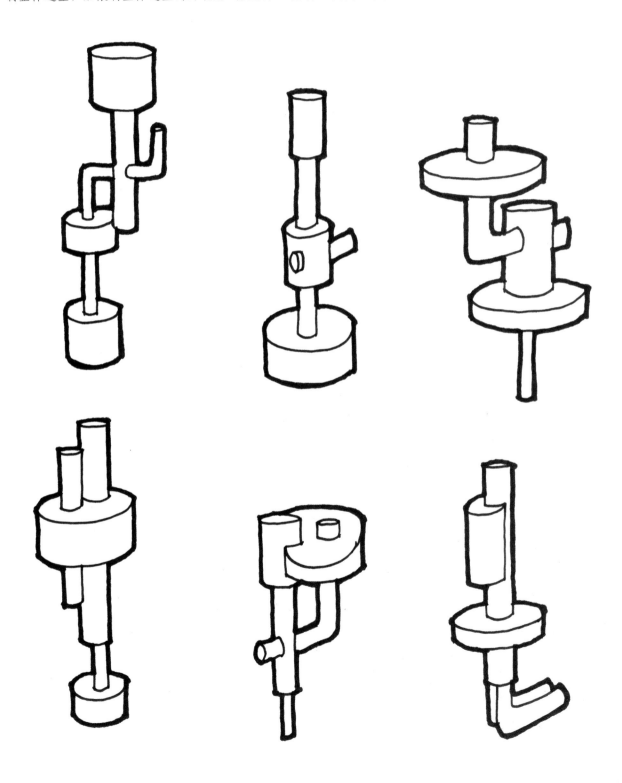

与课题二正好相反，课题三更强调对单体的变化，单体的粗细、高低、曲直等会直接影响整体的效果。对比来分析，前者限制整体，后者限制单体，这两种构型的方式互为补充，也可以把前者理解成"空间的减法"（越变化越少），后者理解成"空间的加法"（越变化越多）。

课题四：自选单体在正方体范围内组合

课题要点：(1) 限定单体数量（六个单体），但不限造型；

(2) 组合方式不限，但限制整体造型的外轮廓（在正方体范围内）；

(3) 组合完成后，在局部适当做变化。

这一课题给变化单体造型更大的自由，但是限制整体的范围。在组合的过程中，以前课题的知识点都得以锻炼，尤其是对课题三——灵活变化单体的体积大小，以获得整体的疏密对比、点线面对比、高低对比等，从而使整体更丰富。练习过程中，学生会自发地体会到：主观变换所选择的单体在整体中的体积大小，是整体获得美感的关键。

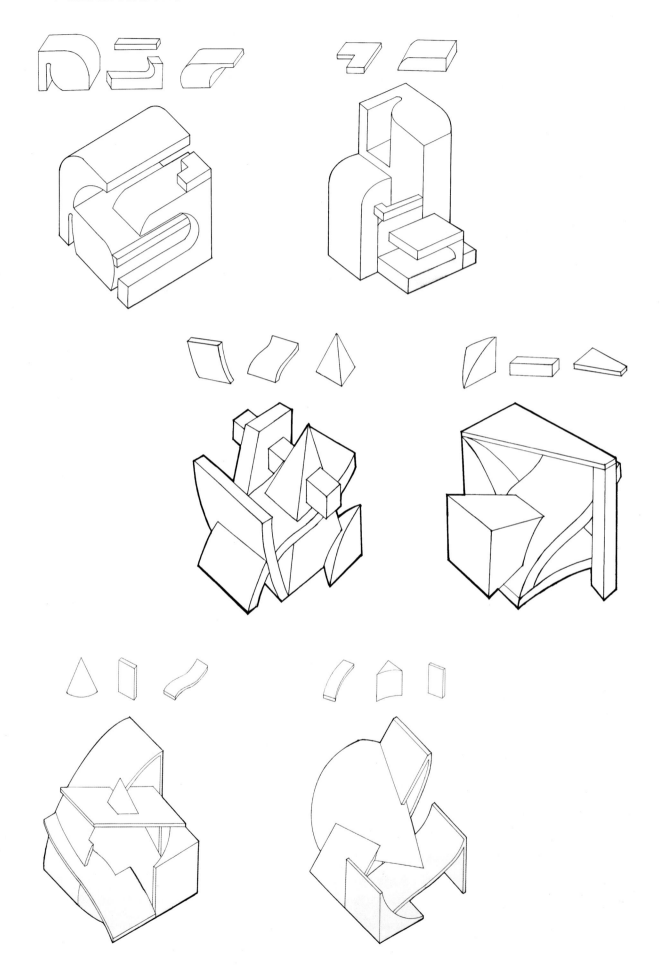

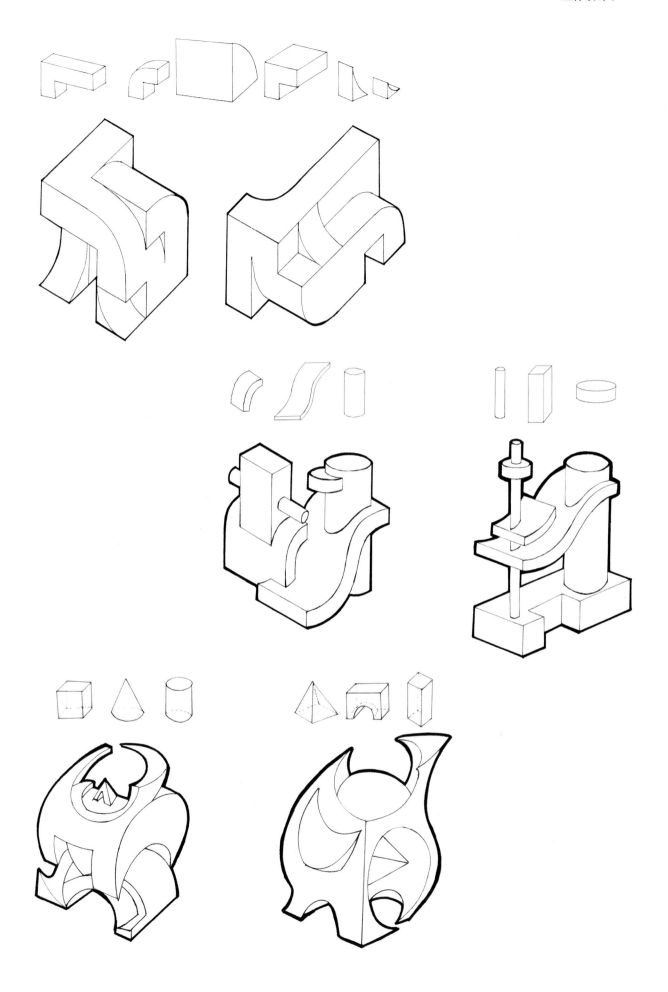

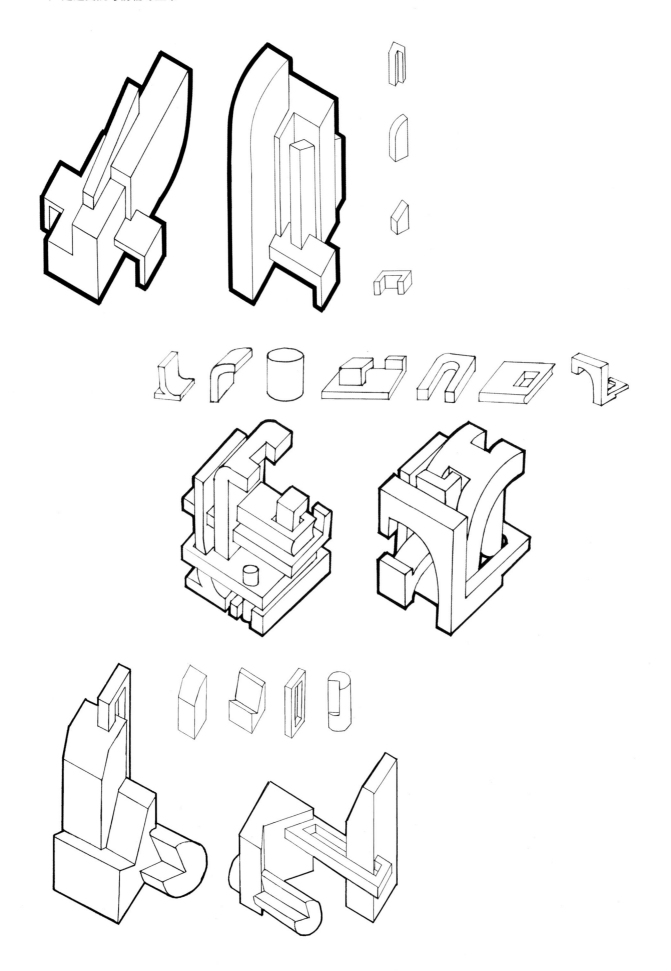

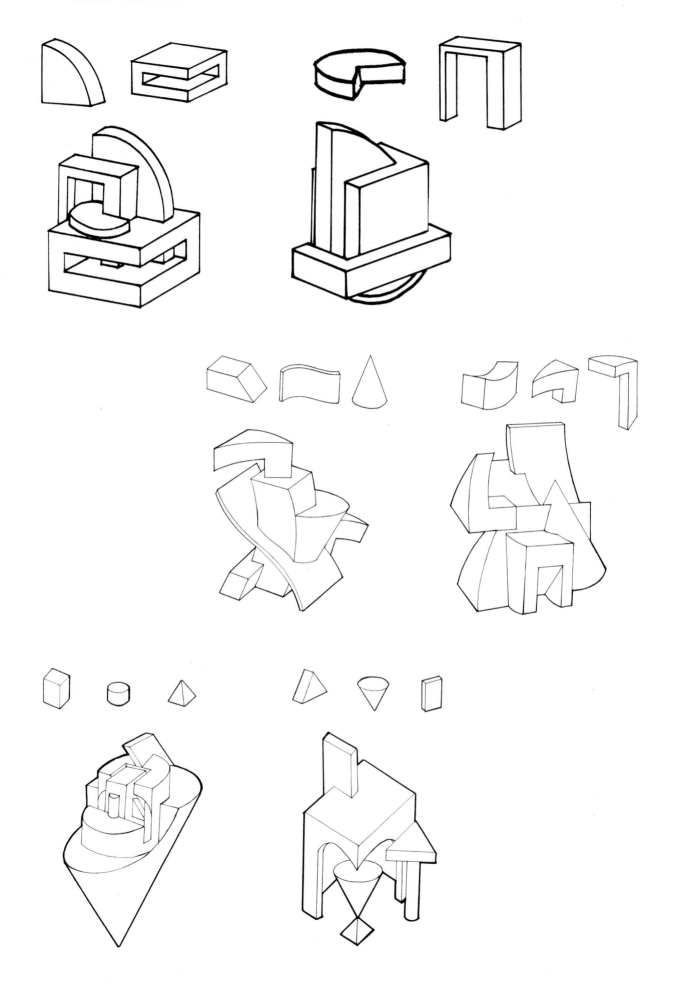

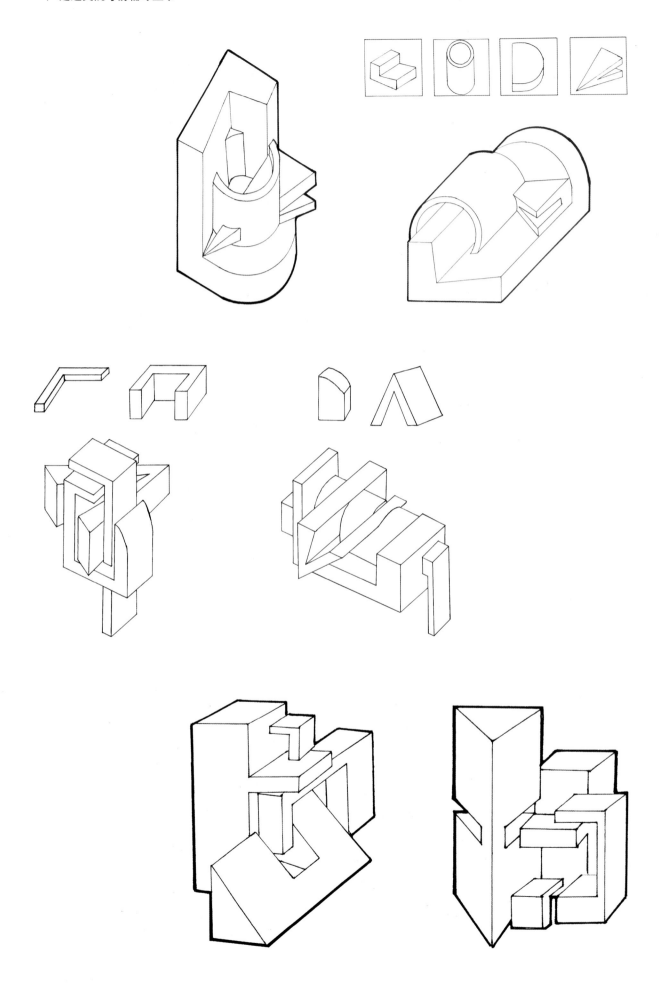

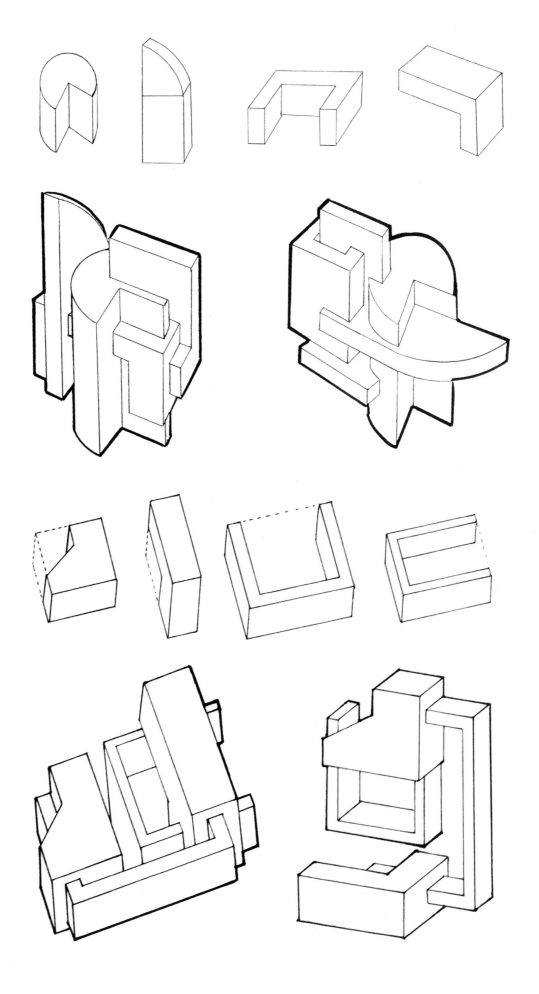

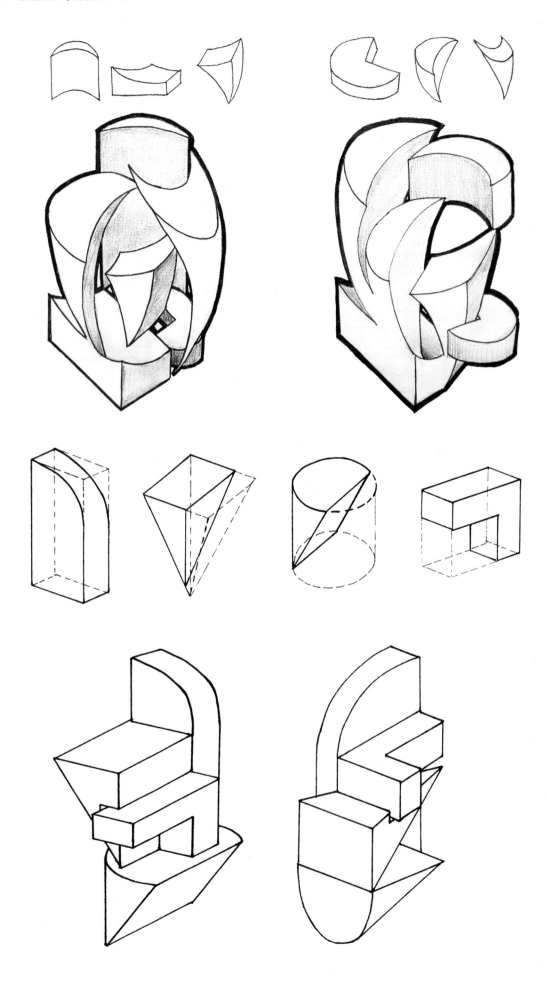

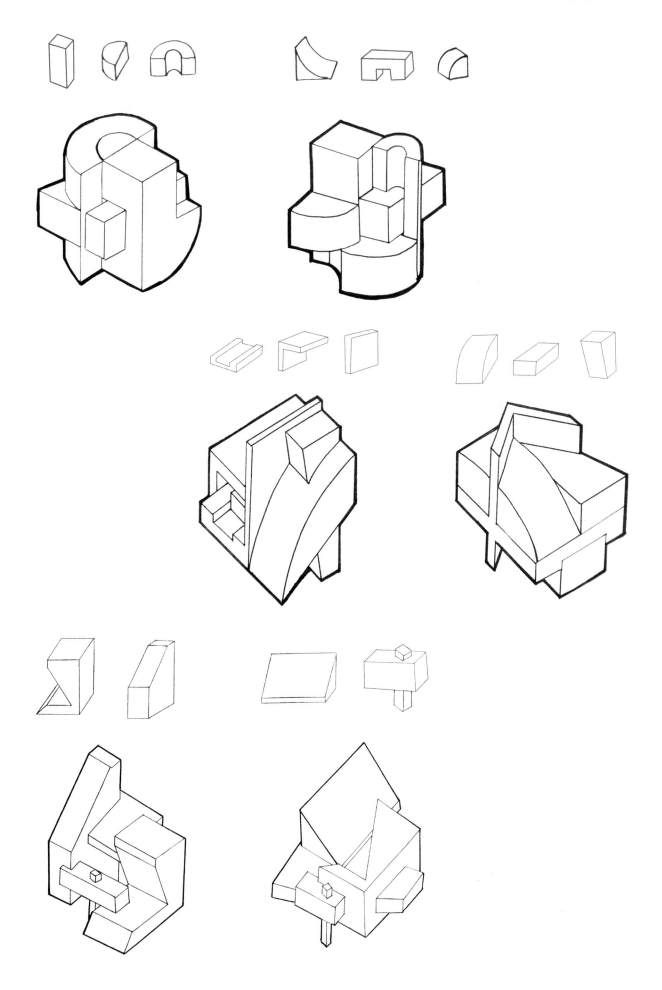

课题五：用两条直线分割正方形为平面图做立体图

课题要点：（1）限定平面图的条件（两条直线分割正方形）；
  　　　　　（2）组合方式不限，但整体造型的平面图必须与所设定平面条件相符。
　　这一课题的训练目的在于二维图形向三维延展的过程，必须有"创意"，立体图又必须
与设定的平面图相符。满足上述条件后，所要做的就是综合运用前面课题的知识点对整体
进行调整，以满足审美的需要。

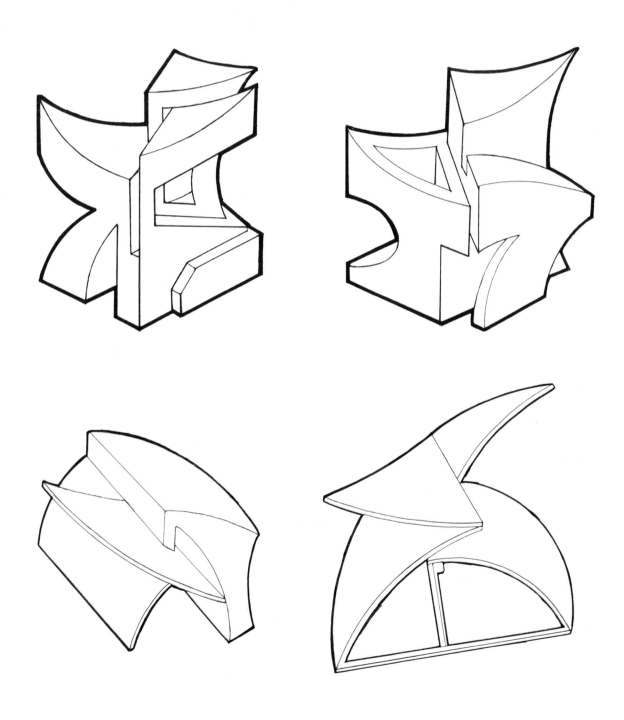

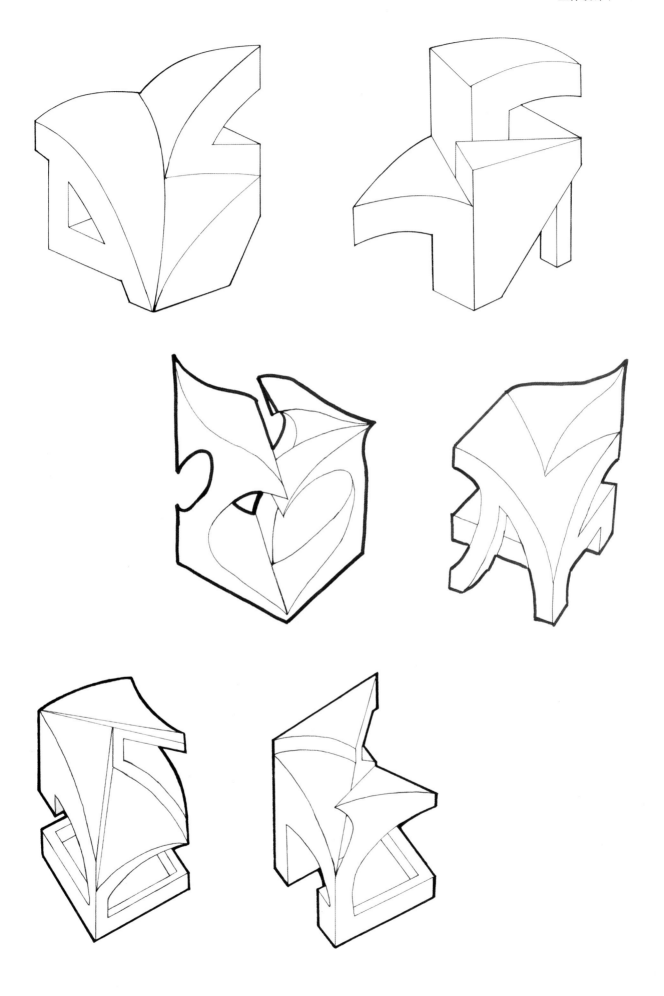

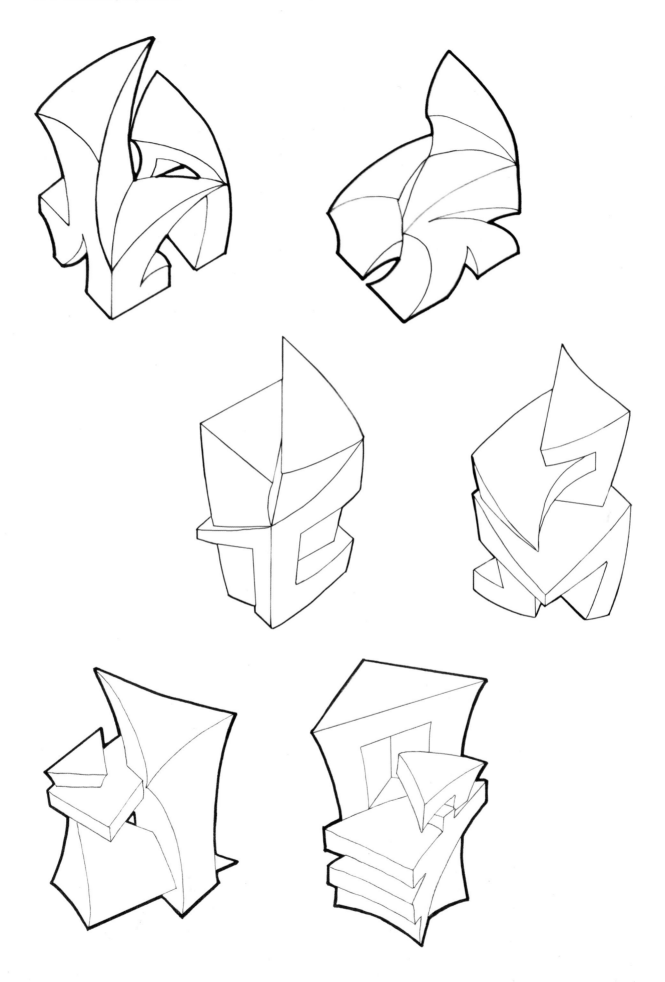

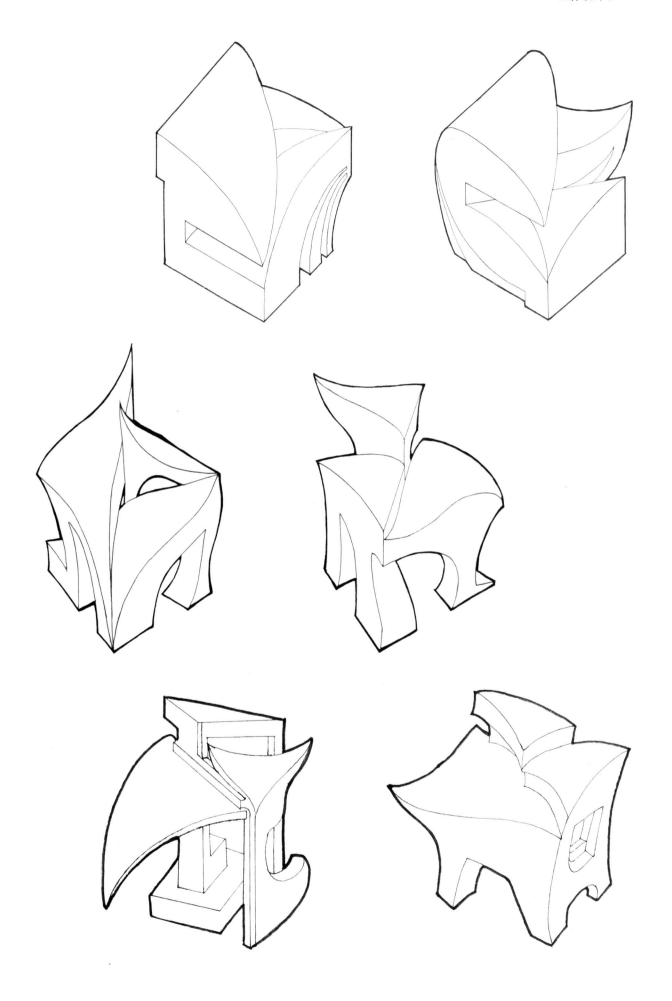

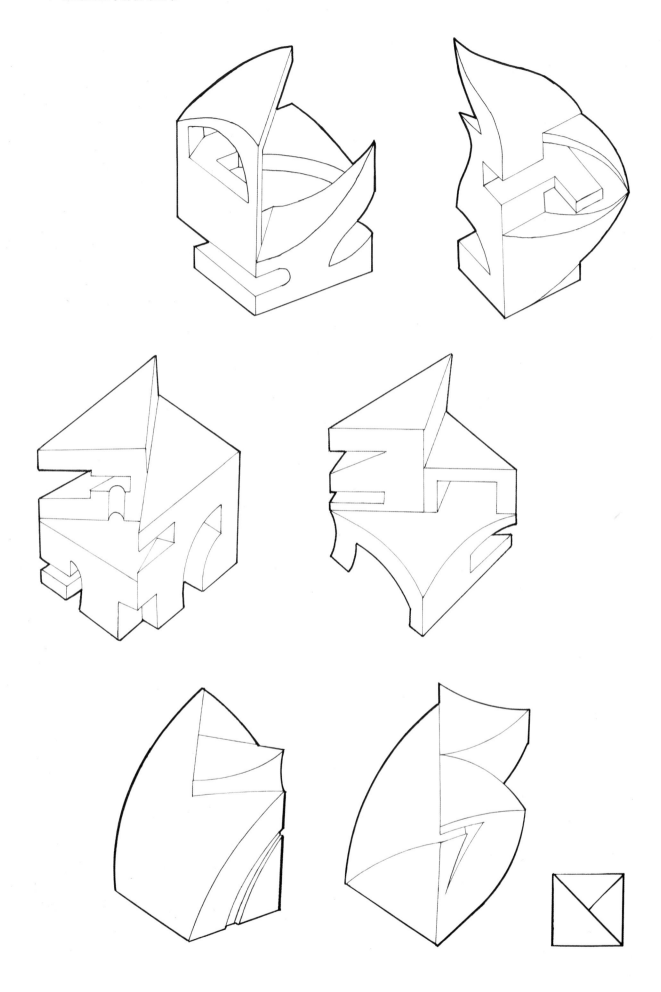

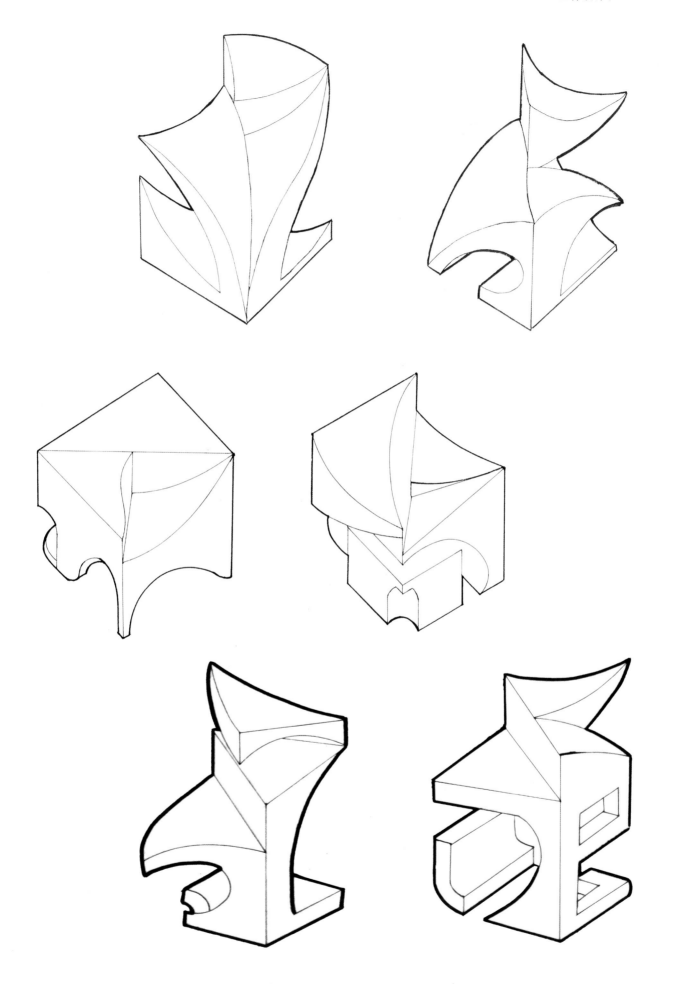

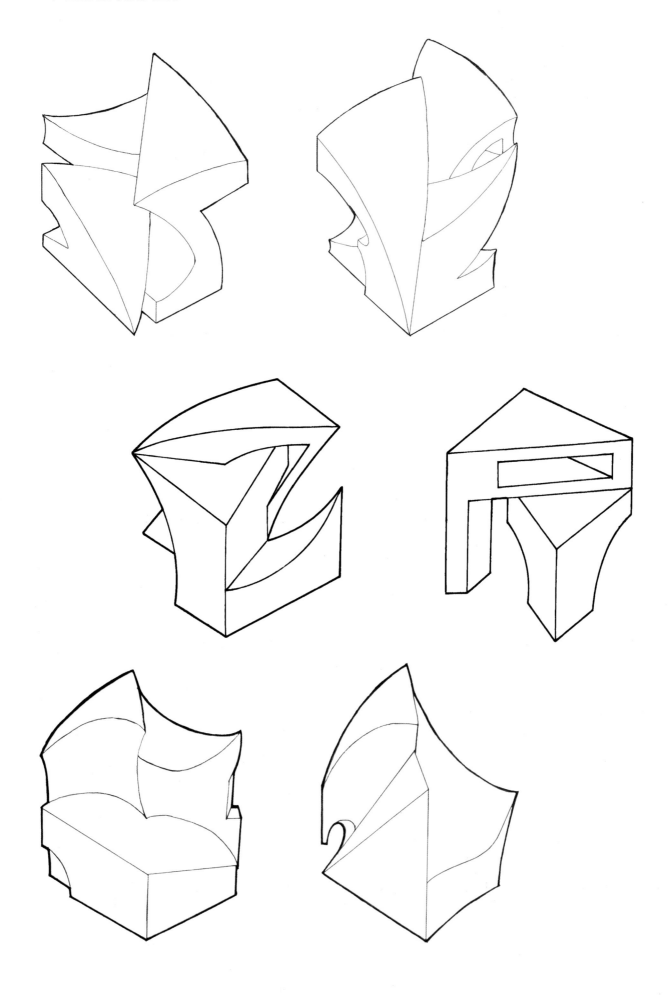

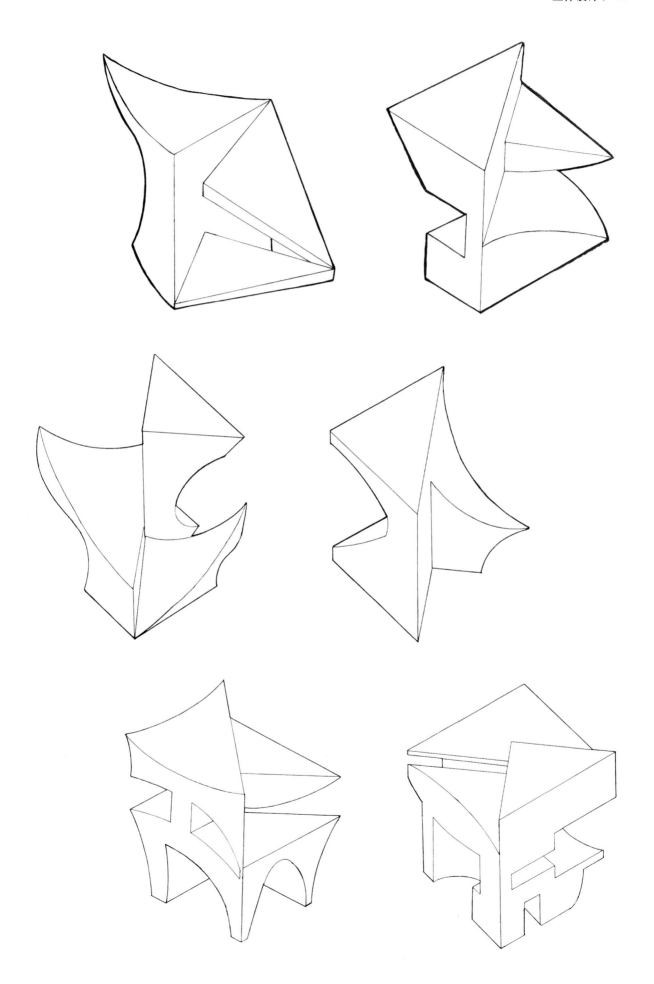

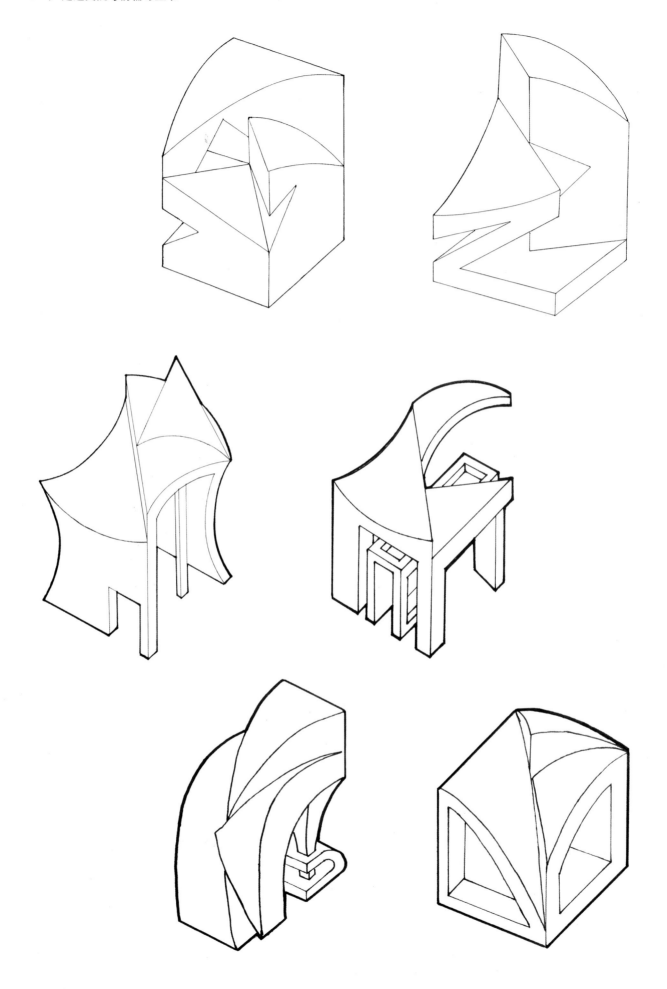

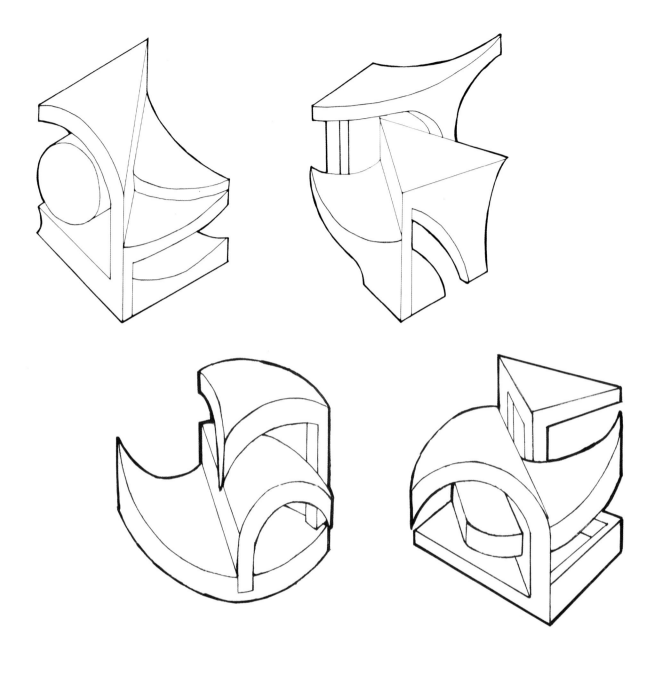

　　由二维图形向三维延展的题型是最常见的,如相关考题:一是用三条直线分割一个正方形作为平面图,做立体图;二是以"米"字为平面图,以"山"字为立面图,做立体图等。题目的应试重点在于最终完成的立体图必须满足题目的要求而不能有改动,创意方面一定不能简单地分层罗列,而应该大胆地把题目给定的"直线",在三维造型中转化为立面图中的曲线、斜线。以上提到的几点需要在练习的过程中体会。简单的学习方法就是"先比较作品的异同,后比较作品的高低"。在学习过程中,比较细节、比较想法的差异,比单纯比较作品的高低要重要得多。

课题六：以方体为整体做空间减法变化

课题要点：（1）限定整体原型为方体（正方体与长方体）；

（2）造型方式不限。

此课题的训练目的在于综合以前课题所讲的塑造基本造型美感的方法进行构型，不加具体约束的目的是侧重于对单纯美感创造训练。怎么做才能获得美感？这是此课题训练的侧重点。

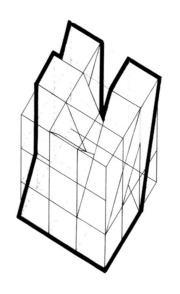

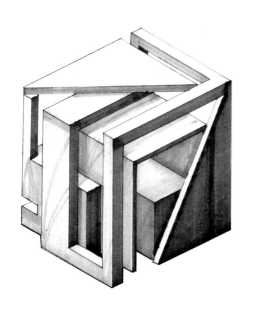

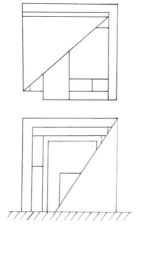

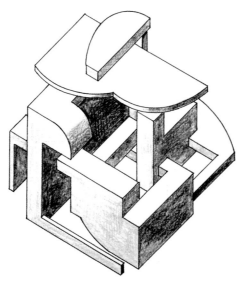

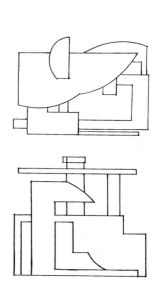

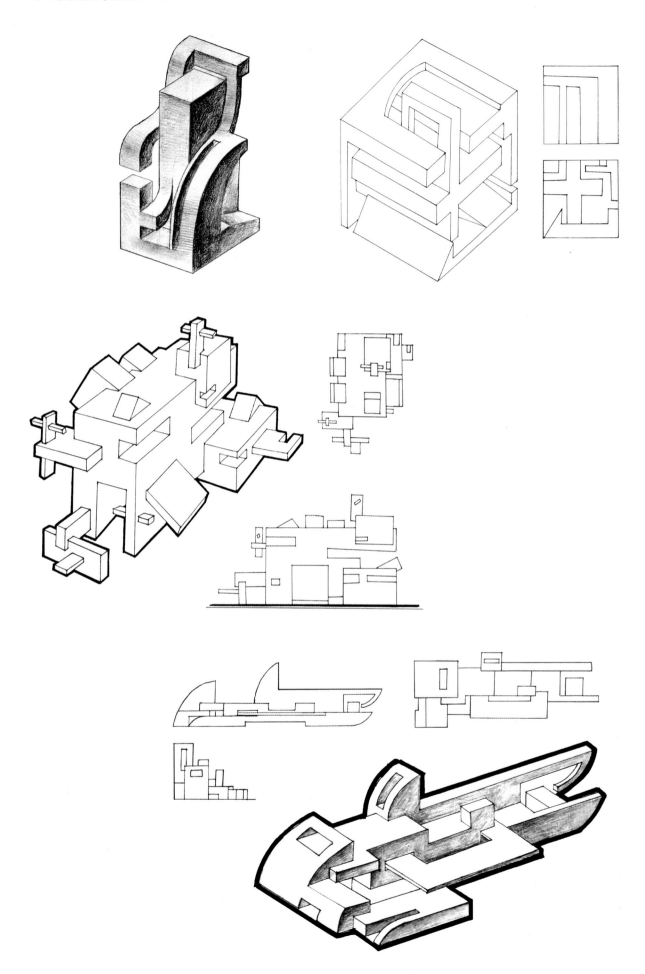

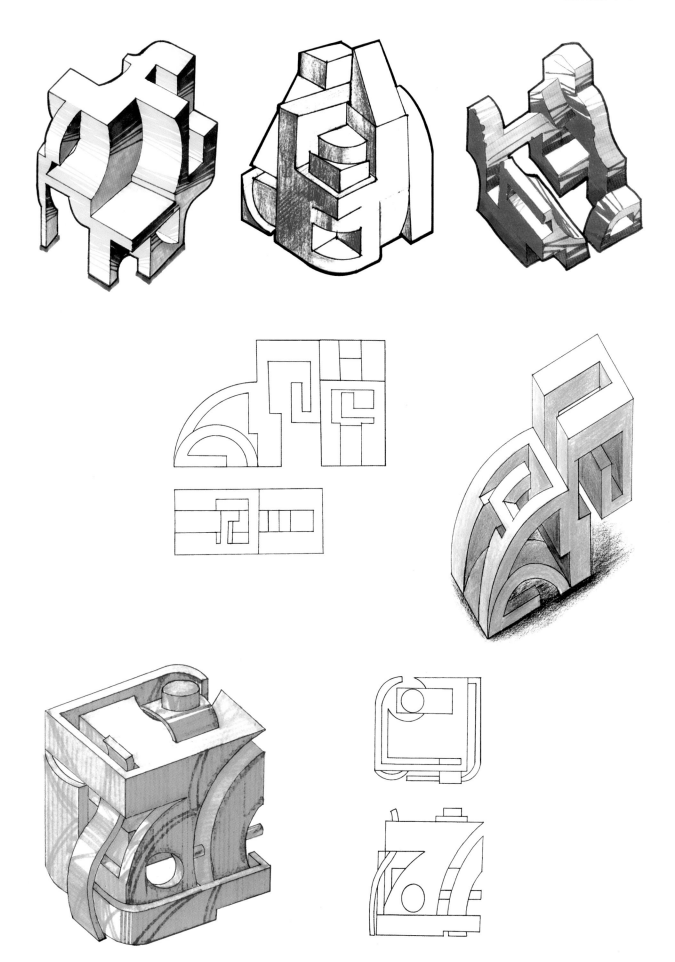

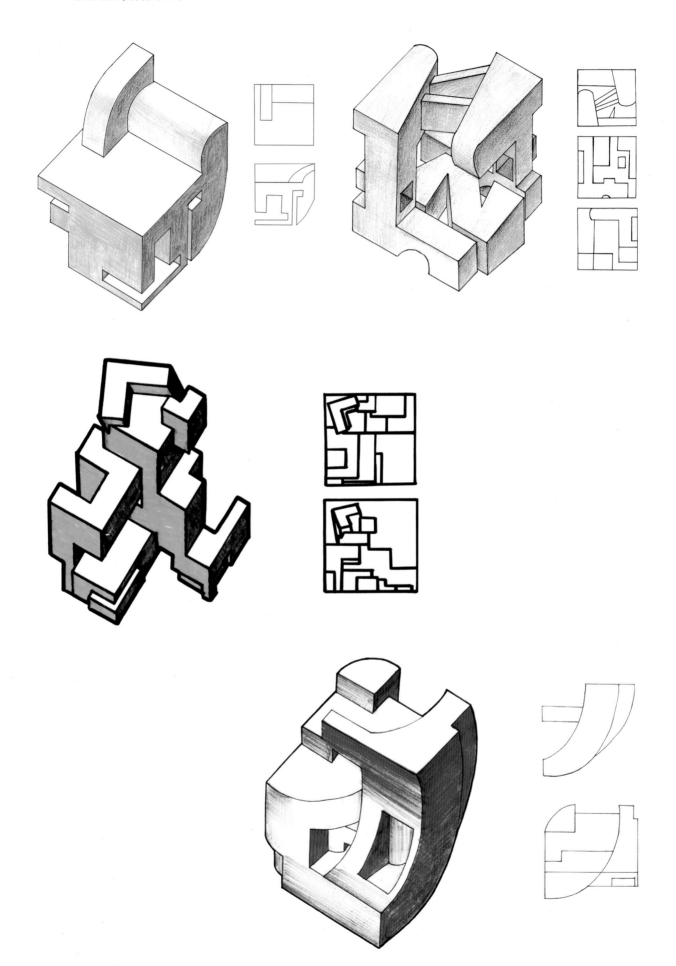

课题七：在正方体内部以最大体积组合圆柱体、圆锥体、四棱锥体各一个

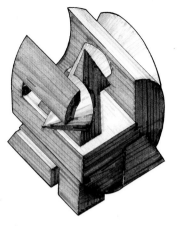

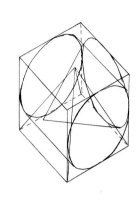

课题要点：(1) 限定组合必须在正方体内完成；
(2) 每个单体在正方体内必须为最大体积；
(3) 组合完成后可进行变化；
(4) 画出立体图和组合结构图（线图）。

此课题每一部分的要求都很详细，组合后的立体空间变化是创意的最大发挥空间。

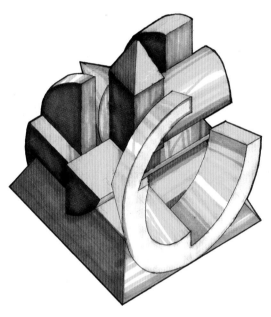

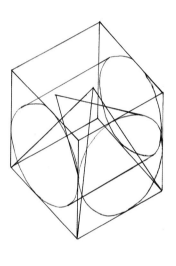

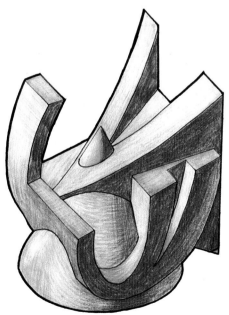

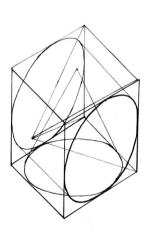

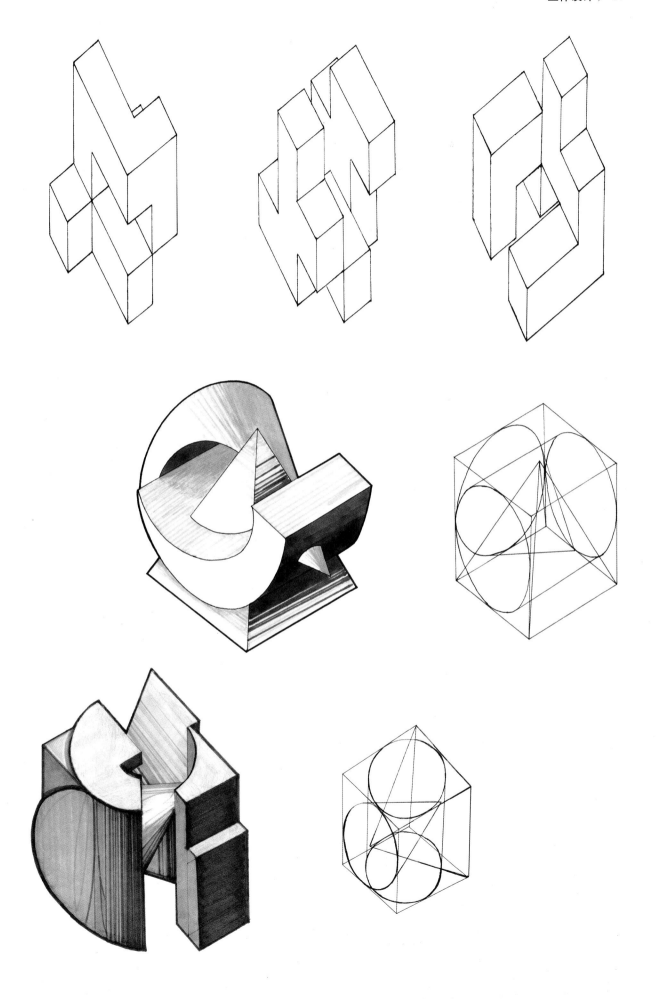

课题八：限定整体为立方体的快速构型练习

课题要点：（1）限定整体必须为正方体；
　　　　　（2）构型方式不限。

　　练习的目的在于对以前课题的回顾,快速构型的目的在于使以前课题的知识点再次以快速草图的方式再现。从造型的加减法到限定整体、限定单体、限定平面图、限定组合方式等方式完成整体,整体力求简洁。

　　关注近年高考命题，以正方形、正方体为整体、单体的相关命题方式层出不穷，命题方式的转变只是具体尺寸、比例要求的不同，但是构型方式和美感获取方式是不变的。仔细分析以上每一个图，会发现包含了几乎历年所有与正方形、正方体相关的命题范例。学习中需要我们仔细比较每幅图的差异，尤其是关注细节的变化对平面图的影响。

课题九：关于表现

对于快速表现，相对易于掌握的表现方法分为黑白表现（素描或马克笔）、单色表现（彩色铅笔或马克笔）、色彩表现（彩色铅笔或马克笔）等方法。

对于不同造型结构的表现方式可以通过细节的对比练习快速适应。

着色的方法主要分为三部分，首先单色（黑白）平涂，其次分出明暗结构转折面，最后在每一个面上补充单色或者同类色的明度差异，以获得远近虚实的过渡效果。

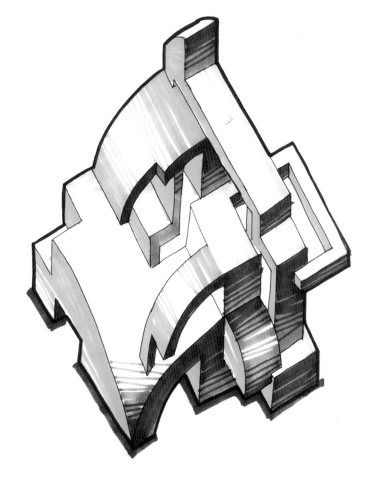

同类色不同明度对比的着色效果 ◓

黑白单色效果（马克笔）◑

单色效果（彩色铅笔）◑

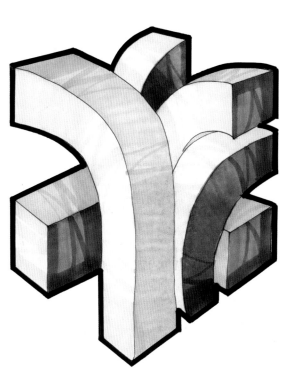

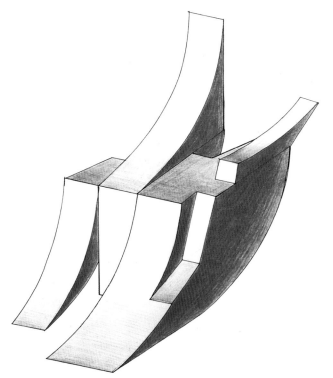

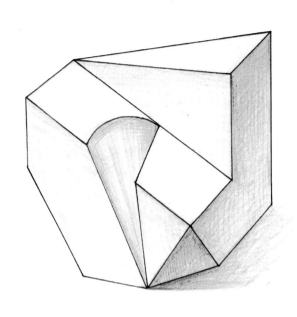

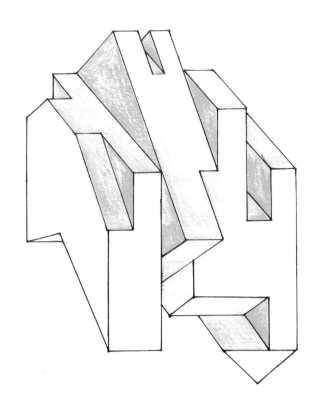

单色效果（彩色铅笔）◑◢

以"米"为平面图、以"山"为立面图的立体造型。

马克笔对比色表现　◑　　　　　　　　　马克笔同类色表现　◑

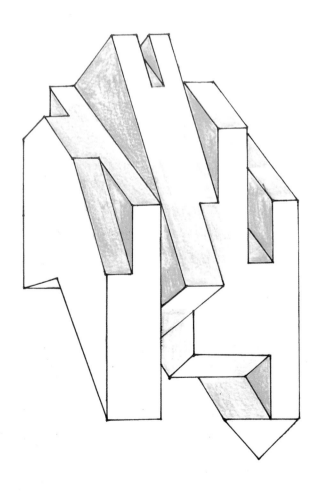

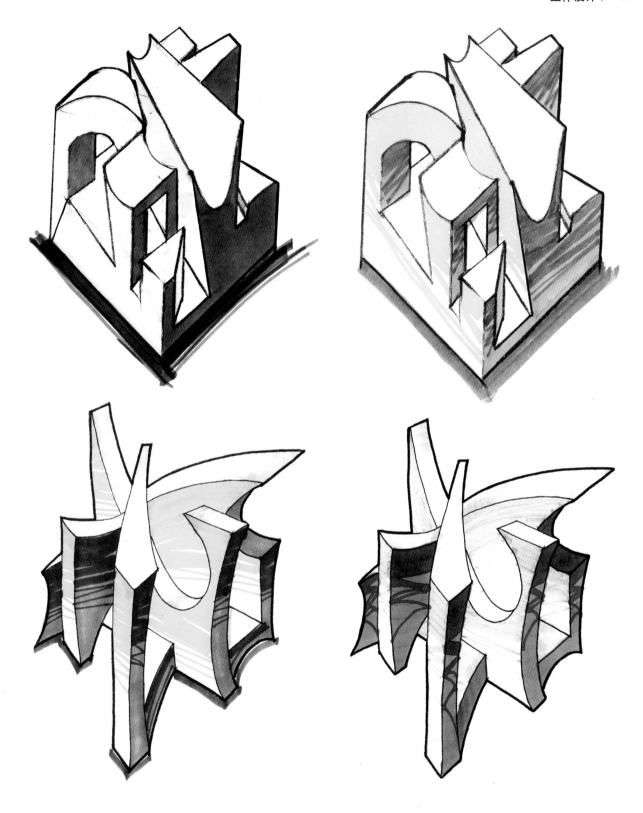

　　以上是以"米"为平面图、以"山"为立面图的立体造型，相同造型不同色彩的表现比较。对表现方式来说，考试命题会有相关要求，如限单色表现、限黑白表现、不限色表现等，选择相对快速的表现方式与绘画材料关系很大，比如水粉、水彩等绘画材料相对马克笔与彩色铅笔来说就不适合快速表现，色粉与油画棒等材料又很难表现得细致整齐，而且很容易刮蹭，所以根据考试时间因素选择绘画表现材料也很重要。

课题总结

　　六年前一次上课的机会，我偶然看到学生厚厚的笔记本，上面密密麻麻地像记录数学公式一样记满了各种定义，"什么叫色彩的对比？什么叫色调？"我感到一种无奈。因为通过学生的笔记本，我看到了想到了很多很多——关于教学方法、关于学习方法、关于高考……

　　大学任教六年，我一直在努力使课程、课题"简单"，因为我深刻地体会到只有教师对问题能做到"深入浅出"，才会使学生"事半功倍"。无论在大学课堂上还是在考前训练的课堂上，学生只有在基础阶段觉得"简单"了，才会有兴趣并大胆地迈出第一步，但是还是有很多学生面对设计基础的学习"望而却步"，这是否是教师的责任？

　　本书的九个课题，尝试用"课题"分解"问题"。每个课题既是关于立体构型知识的分解与整合，又是对历年高校招生命题的延展。很多让学生感觉枯燥乏味的理论知识都融汇在课题中，课题的具体要求是对学生思维可能产生歧义的预见，力求每个课题能有效解决一个问题，最终所有课题的汇总就是把"点"连成"线"，有效地由简到繁、由加到减、由局部到整体、由黑白到着色……让我们一起循序渐进地解决问题。

宋扬

1996 年以设计专业第一名的成绩考入中央
美术学院
2001 年毕业于中央美术学院建筑学院
2001 年至今任教于中央美术学院设计学院
基础部
多次获国际、国内设计奖项，出版过多本设
计基础课程教学参考书
电子邮箱：song2822@sohu.com

已出版相关教学资料

《艺术设计基础教育的革新》（山东美术出版社）
这是设计基础兴趣教学的实验笔记，介绍了部分教学方法，记录
了教学心得，相关课题对应学生范例作品。
《美术高考解析与应试策略丛书》（山东美术出版社）
分为素描、色彩、设计三册。这套丛书分析各高校高考命题动态，
针对典型试题制定练习方案，附大量范例作品及简要评析。

感谢以下画室与主持人

魏伟与**小泽画室**／王岩与**中央美术学院设计学院培训中心**／陈绪
芳与**成蹊画室**／赵沐熹与**品执画室**／邹群与**艺考画室**／**张家口三中美
术班**提供教学实践及相关课程作品。
感谢魏伟丛书策划主编，孙筱琛参与文字与图片整理并手绘大量
范图。

感谢以下作者参与课程并为本书提供相关作品

孙艺宁／梁欣／李浩越／冯潇潇／郭伟峰／孙丹洋／乔杨／赵婉
琳／赵光年／曹琳娟／刘宇涵／向黎／王思文／刘浩／赵玲／马晓晨／
孙琰／武亮／魏宇／黄畅／赵萌萌／王伟鹏／曾晨子／唐榕灿／李响／
宋璐／冯雨农／黄尧／庞逸祯／战佳／施昱倩／李颖婷／侯欣宇／徐
磊／原辰凌／庞俊曦／王林／付奕／卜静雯／王乃一／张新怡／李蕾／
李行／王正／侯欣宇／王阳阳／林宇泽／霍然／吴晓旭／魏冉／唐天
元／程思淇／丁娜／王汝靖／贺业辉／张萌／贾凡／文畅／田璐／张
心怡／于子天／李欣／谢潮／赵海／陈萌／耿飞／骆金稳／张娜／林
宏昊／王裕言／赵虹莎／乔治／陈政／吉春来／李程然／罗霜华／刘
可红／贾鑫／吴若菲／王宁／魏泽楷／高文乾／李南煦／王洪飞

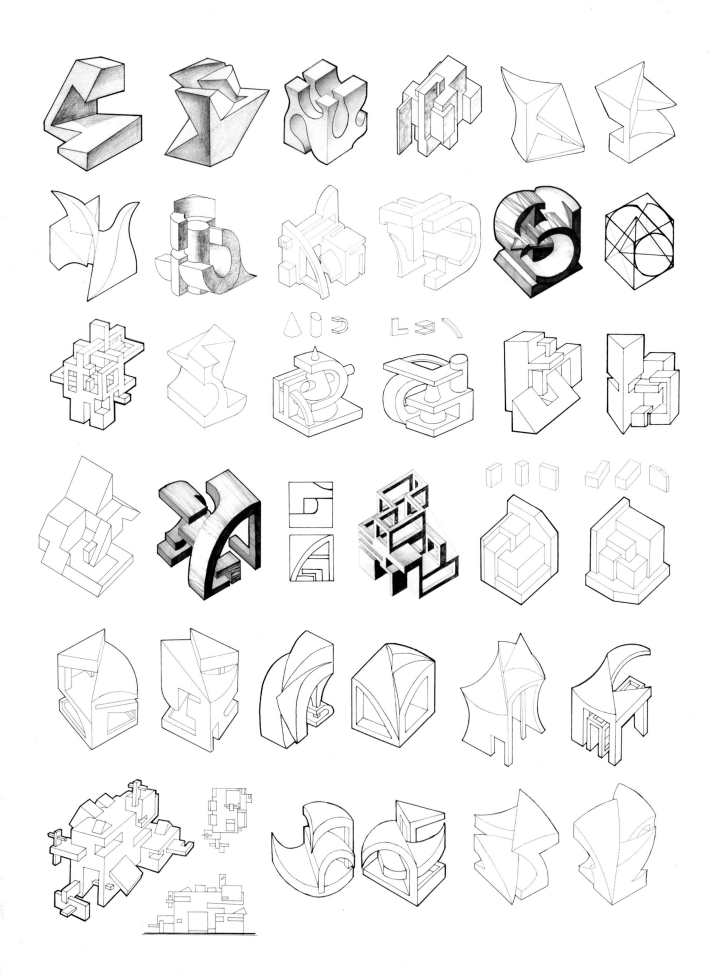